DHA EUNICE MCMULLEN -18 BLIADHNA AGUS A' CUNNTADH

AGUS CUDAIL MÒR BLÀTH DHA MONIKA IS LUKA

CUDAIL
CHAN FHAIGH MI ...

acair

DAVID MELLING

Air madainn earraich

ann an cùl uaimhe mhòr dhorch, bha mathan donn òg na shìneadh. Shuidh e an-àirde is thòisich e a’ mè-ar-an-aich.

’S e Dòmhnall an t-ainm a bh’ air.

'THA MIS' A' CUR FEUM AIR CUDAIL.
Sùgradh cha dèan mise gus am faigh
mi fear,' arsa Dòmhnall.

CLIOC!

Chuir e dheth
aodach-oidhche,

bhruisig e a bhian,

chuir e stoc mu amhaich,
   agus a-mach leis gus am
faigheadh e cudail an àiteigin.

''S e cudails MHÒRA as fheàrr leamsa,'
smaoinich Dòmhnall. Ghabh e suas chun an rud a
bu mhotha a chitheadh e, chuir e a làmhan timcheall air,
agus thug e cudail dha.

Cha robh sin a' faireachdainn buileach ceart.

'Ù ù ù!' arsa Dòmhnall.
'Tha e caran …

… trom!'

''S e cudails **ÀRDA** as fheàrr leamsa,' smaoinich Dòmhnall.

Mar sin chaidh e suas chun an rud a b' àirde a chitheadh e.

AOBHAG!

Thug e cudail
gu h-ìosal ...

cudail mun
mheadhan ...

agus cudail eile
na b' àirde
buileach.

Ach cha robh sin math idir, idir. Agus bha sprodan ann.

'S e cudails shocair as fheàrr leamsa,' smaoinich Dòmhnall, agus a-null leis gu preas beag snog.

Thug e cudail dhan phreas ach thachair rud glè neònach.
Thòisich na duilleagan

a' buiceil

's

a' dol air chrith...

... agus ruith iad air falbh!

'Mè, mè,' thuirt na caoraich, 'cha toir gu dearbh, tha sinne ro thrang.'

Chuir Dòmhnall a ghàirdeanan timcheall orra airson cudail beag a thoirt dhaibh, ach bha iad ga phutadh 's ga bhualadh. Cha do chòrd e idir riutha.

Dòmhnall
bochd!

'CARSON
NACH
FHAIGH
MI
CUDAIL?'
ars esan.

'Ma bhios mise
ag iarraidh cudail'
arsa
cailleach-oidhche,
'suidhidh mi nam
chraoibh agus – '

'Feuchaidh mise sin!'
arsa Dòmhnall agus e
a' dìreadh gu àite-suidhe
ri taobh na caillich-oidhche.
Ach cha b' fhada gus an robh
e ann an staing.

'Tù ù ù ù Tu it!'
ars a' chailleach-oidhche 's i air fàs fiadhaich.

'Cha robh mise
ag iarraidh ach
cudail,'
arsa Dòmhnall 's e
caran tùrsach.
''S dòcha gu bheil
cuideigin shìos an seo?'
Ghabh e grèim air rudeigin
cluasach, coltach ri rabaid,
agus tharraing e suas e.

'S math bha fios aig Dòmhnall nach robh an rabaid
ag iarraidh cudail. An ath mhionaid 's ann a chuir
e a shròn ann am bian na rabaid.

'Hoigh, a bhalaich!' thuirt an rabaid
cho àrd 's a ghabhadh.
'Leig às mi!'

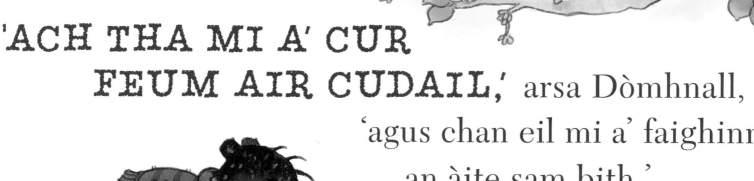

'ACH THA MI A' CUR
FEUM AIR CUDAIL,' arsa Dòmhnall,
'agus chan eil mi a' faighinn fear
an àite sam bith.'
'Ò, seadh,' ars an rabaid.
Sheinn i fo a h-anail,

'Thoir dhomh do làmh,
thoir dhomh do làmh …

Ghabh an rabaid grèim air
spòg Dhòmhnaill …

… agus air falbh leotha
air feadh an àite.

Mu dheireadh thall ràinig iad uaimh mhòr dhorch far an robh cuideigin dìreach a' dùsgadh 's a' tòiseachadh

a' MÈ È È È È È È

AR AR AR AN AN AN AN AICH AICH AICH!

Thug Dòmhnall sùil a-steach. Bha fios is cinnt aige a-staigh na chridhe cò bhiodh ann.

'CUDAIL?' arsa Dòmhnall,
agus e a' ruith mar a bheatha
gu …

... a

MHÀTHAIR!

'Tha fios a'm a-nis gu faigh mi na cudails as fheàrr bhon fheadhainn air a bheil gaol agam,' arsa Dòmhnall. Theann e a-steach dlùth agus thog e fonn am broinn a chinn. Cha robh a chridhe trom tuilleadh.
Bha e air a dhòigh.

Triùir-chudail

Cudail cadail

Cudail bun-os-cionn

Cudail daingeann

Cudail tuiteamach

Cudail socharach

Cudail còmhlain

Cudail druim ri druim

Cudail aon-neach

Cudail mionaich

Cudail neòineanach

Cudail mòr

Cudail fàilte

Cudail chan fhaigh mi

A' chiad fhoillseachadh sa Bheurla an 2010 le Hodder Children's Books
338 Euston Road, Lunnain NW1 3BH
© an teacsa Bheurla David Melling 2010
© nan dealbhan David Melling 2010
www.davidmelling.co.uk

A' chiad fhoillseachadh sa Ghàidhlig 2012 le Acair, 7 Sràid Sheumais,
Steòrnabhagh, Eilean Leòdhais HS1 2QN

www.acairbooks.com
info@acairbooks.com

An tionndadh Gàidhlig Norma NicLeòid
© an teacsa Ghàidhlig Acair
© nan dealbh David Melling
An dealbhachadh sa Ghàidhlig Mairead Anna NicLeòid

Clò-bhuailte ann an Sìona

Gheibhear clàr catalog CIP airson an leabhair seo ann an Leabharlann Bhreatainn.

Chuidich Comhairle nan Leabhraichean am foillsichear le cosgaisean an leabhair.

Tha Acair a' faighinn taic bho Bhòrd na Gàidhlig.

LAGE/ISBN 978 0 86152 359 7